COLLECTION FOLIO

REISER

LA FAMILLE OBOULOT EN VACANCES

Albin Michel

LA FAMILLE OBOULOT EN VACANCES
C'EST ÉPOUVANTABLE !
REGARDEZ LES ENFANTS, LE TRISTE SPECTACLE DE NOTRE CIVILISATION...
TU SAVAIS, PAPA, QUE LES GOËLANDS CRÈVENT LES YEUX DES NAUFRAGÉS ?
...QUAND LEURS TÊTES DÉPASSENT DU GILET DE SAUVETAGE ?
PAS POSSIBLE ?
HOU LA SALE BÊTE !

ET NOUS, ON LE PLAIGNAIT!
JETTE-LUI UN CAILLOU!
FAIS VOIR TA MAIN?
TIENS! ÇA T'APPRENDRA À FAIRE ATTENTION AVANT DE PRENDRE UN GALET PLEIN DE MAZOUT!
REISER

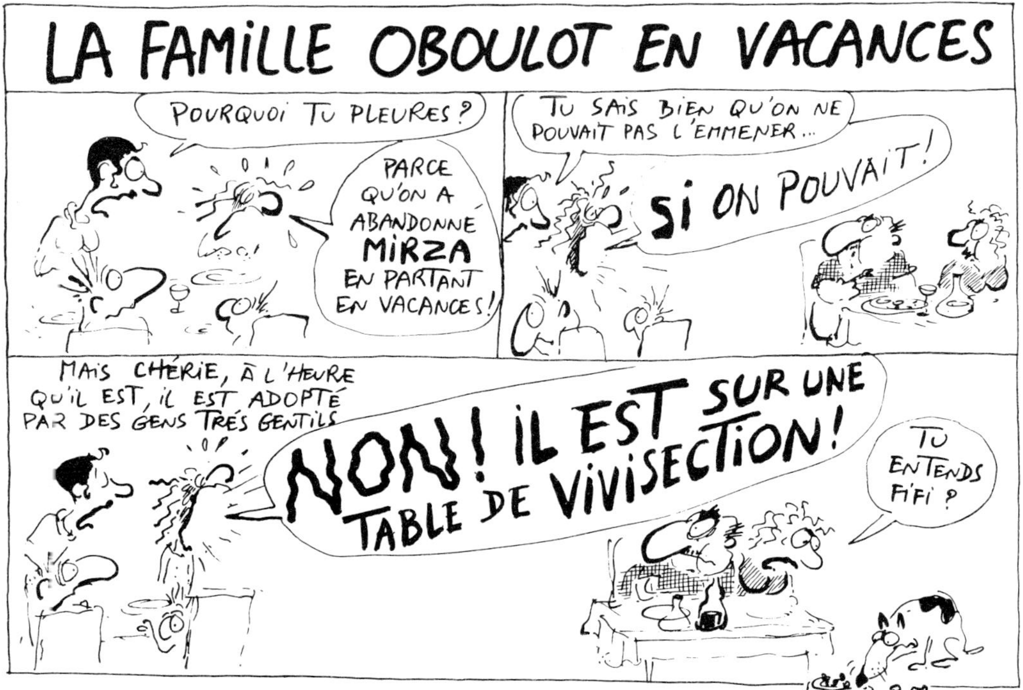
LA FAMILLE OBOULOT EN VACANCES
POURQUOI TU PLEURES ?
PARCE QU'ON A ABANDONNE MIRZA EN PARTANT EN VACANCES !
TU SAIS BIEN QU'ON NE POUVAIT PAS L'EMMENER...
SI ON POUVAIT !
MAIS CHÉRIE, À L'HEURE QU'IL EST, IL EST ADOPTÉ PAR DES GENS TRÉS GENTILS
NON ! IL EST SUR UNE TABLE DE VIVISECTION !
TU ENTENDS FIFI ?

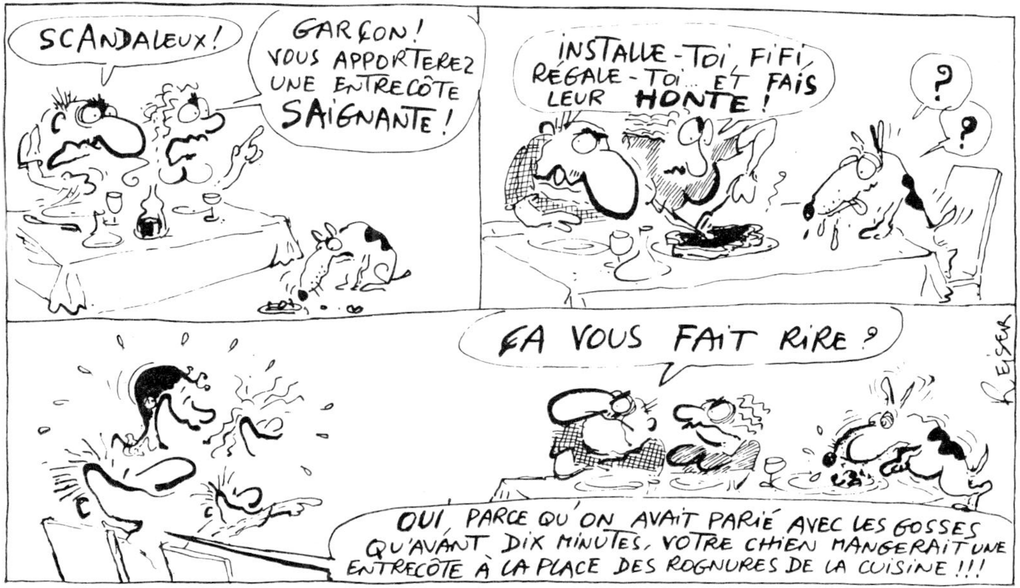
SCANDALEUX !
GARÇON ! VOUS APPORTEREZ UNE ENTRECÔTE SAIGNANTE !
INSTALLE-TOI, FIFI, RÉGALE-TOI... ET FAIS LEUR HONTE !
?
?
ÇA VOUS FAIT RIRE ?
OUI, PARCE QU'ON AVAIT PARIÉ AVEC LES GOSSES QU'AVANT DIX MINUTES, VOTRE CHIEN MANGERAIT UNE ENTRECÔTE À LA PLACE DES ROGNURES DE LA CUISINE !!!
KIESER

LA FAMILLE OBOULOT EN VACANCES
RESTA
56F
30F
18F50
AH ! JE VOIS UN MENU À 18F50, ON VA POUVOIR JOUER…
NON !
… AU MENU À 18F50
JOUEZ SANS MOI !
TU SAIS BIEN QU'ON NE PEUT JOUER QU'À QUATRE AU MENU À 18F50
ALORS ON PREND DEUX MENUS À 18F50…

ET LES ENFANTS ?
EH BIEN VOUS NOUS DONNEREZ QUATRE ASSIETTES, ILS PICORERONT AVEC NOUS !
VISE LA GUEULE DU MEC...
C'EST UN JEU FASCINANT... TOUT Y EST : SUSPENSE, MAÎTRISE DE SOI, GOÛT DU RISQUE, ETUDE DE CARACTÈRE...
ET EN PLUS, C'EST PAS CHER !
PICORER PICORER... PICORER...
REISER

LA FAMILLE OBOULOT EN VACANCES
DISTRIBUTION DE BAFFES !
C'EST ELLE QUI A COMMENCÉ !

ON DOIT BIENTÔT ARRIVER...
AU DÉPART, LES DISTRIBUTIONS DE BAFFES, C'ÉTAIT TOUS LES CENT KILOMÈTRES...
MAINTENANT, C'EST TOUS LES DIX KILOMÈTRES!
REISER

LA FAMILLE OBOULOT EN VACANCES
MINABLE LA LITERIE !
PRESQUE RIEN COMME VAISSELLE
LA POUBELLE EST SALE
DES FOURCHETTES TORDUES
DES CASSEROLES EN ALU BOSSELÉ
"VUE SUR LA MER" ILS CHARRIENT !

À L'OCCASION DE NOTRE INSTALLATION, PERMETTEZ-MOI DE VOUS LIRE UN POÈME…
FAUT ENCORE SE TAPER UN DE SES POÈMES !
TOUT LE MONDE EN PLACE !
OUI OUI DÉPÊCHE-TOI !
LES POÈTES EN HERBE, QUELLE PLAIE !
JE SERAI BREF !
BON ! ON Y VA…
LOCATION, PIÈGE À CONS
UNE BELLE CARRIÈRE DE POÈTE MAUDIT QUI COMMENCE…
REISER

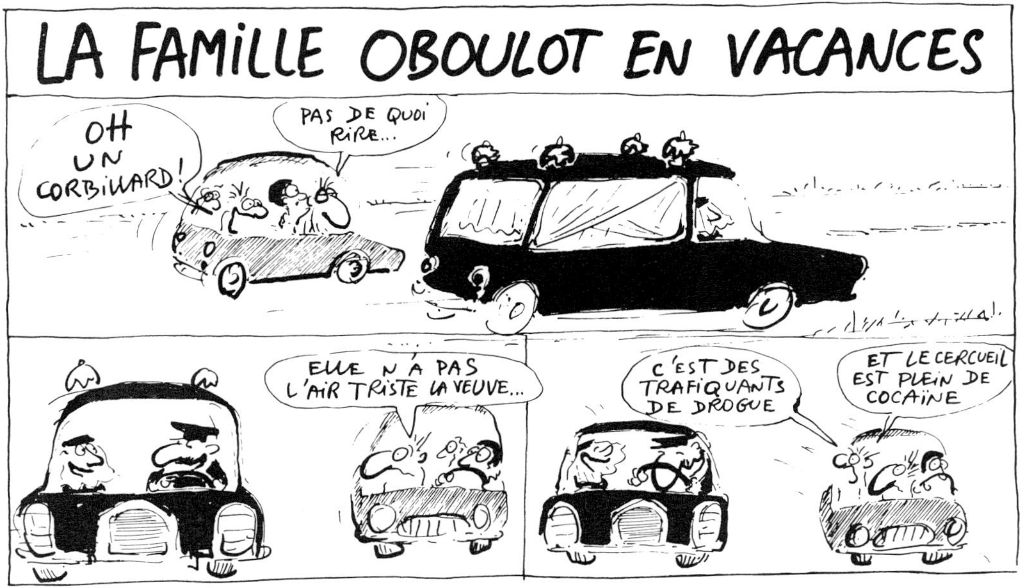
LA FAMILLE OBOULOT EN VACANCES
OH UN CORBILLARD!
PAS DE QUOI RIRE...
ELLE N'A PAS L'AIR TRISTE LA VEUVE...
C'EST DES TRAFIQUANTS DE DROGUE
ET LE CERCUEIL EST PLEIN DE COCAÏNE

PAS POSSIBLE... ILS S'ARRÊTENT AU MOTEL?
MOTEL
ILS NE VONT TOUT DE MÊME PAS COUCHER ENSEMBLE?
SI!
BUREAU
ALORS, C'EST PAS DES TRAFIQUANTS DE DROGUE
SINON, ILS SERAIENT TROP PRESSÉS DE LIVRER LA MARCHANDISE
BON, ÇA VA, LA MORALE EST SAUVE!
REISER

LA FAMILLE OBOULOT EN VACANCES
HOU LÀ!.. TU AS COMPTÉ LE NOMBRE DE DÉGÉNÉRÉS DU COIN?
ÇA DOIT BOIRE SEC PAR ICI...
C'EST LA RÉGION DE FRANCE OÙ L'ON TROUVE LE PLUS D'ALCOOLIQUES
BUVETT
EN VOILÀ ENCORE UN!
ATTENTION! LÀ!...

C'EST L'AVANTAGE DE ROULER DANS LES PAYS D'ALCOOLIQUES...
SI ON EN ÉCRASE UN, LA PERTE N'EST PAS TROP GROSSE !
LES ENFANTS...
REISER

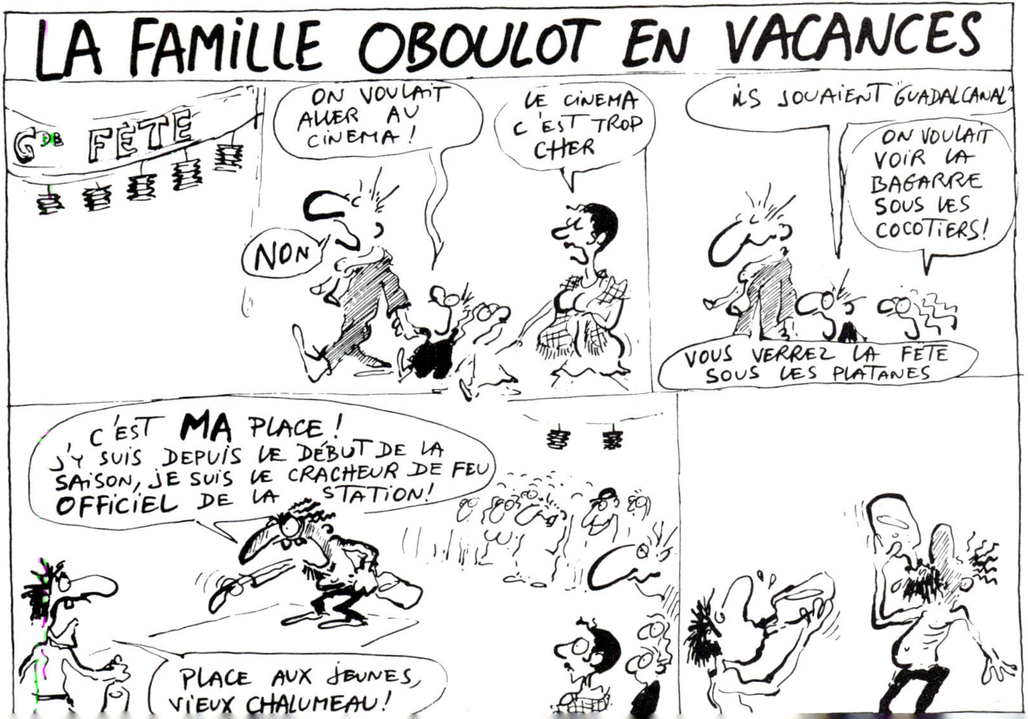
LA FAMILLE OBOULOT EN VACANCES
Gde FÊTE
ON VOULAIT ALLER AU CINEMA !
NON
LE CINEMA C'EST TROP CHER
ILS JOUAIENT "GUADALCANAL"
ON VOULAIT VOIR LA BAGARRE SOUS LES COCOTIERS !
VOUS VERREZ LA FETE SOUS LES PLATANES
C'EST MA PLACE ! J'Y SUIS DEPUIS LE DÉBUT DE LA SAISON, JE SUIS LE CRACHEUR DE FEU OFFICIEL DE LA STATION !
PLACE AUX JEUNES, VIEUX CHALUMEAU !

VOUS L'AVEZ EU VOTRE FILM DE GUERRE !
TOUT Y ÉTAIT...
T'AURAIS JAMAIS VU DES LANCE FLAMMES AUSSI BEAUX AU CINEMA...
ET EN PLUS, C'ÉTAIT GRATUIT !
REISER

LA FAMILLE OBOULOT EN VACANCES
AAAH !
ENFIN C'EST ARRIVÉ ! ON PEUT SE BAIGNER À POIL SUR LES PLAGES !
FINIE LA COMEDIE DES SERVIETTES POUR SE CACHER
BRONZAGE INTÉGRAL !
EH BEN VOUS DEUX ?
ON EST PUDIQUE ?

PROFITEZ DU SOLEIL !
À POIL ! À POIL ! À POIL !
A POIL, A POIL... POURQUOI ON SE METTRAIT À POIL ?
DU POIL ON N'EN A PAS !
REISER

LA FAMILLE OBOULOT EN VACANCES
PAPA, LE MONSIEUR, DERRIÈRE, IL N'ARRÊTE PAS DE REGARDER MAMAN...
QUAND TU TE RETOURNES, IL FAIT SEMBLANT DE REGARDER PAR TERRE
PAPA, LE MONSIEUR, DERRIÈRE, IL JETTE DES CAILLOUX POUR QUE MAMAN SE RÉVEILLE !
?

QU'EST-CE QUI S'EST PASSÉ ?
PAPA, TU ME PAIERAS DES COURS DE KARATÉ À LA RENTRÉE ?
OUAIS ! J'IRAI MÊME AVEC TOI !
REISER

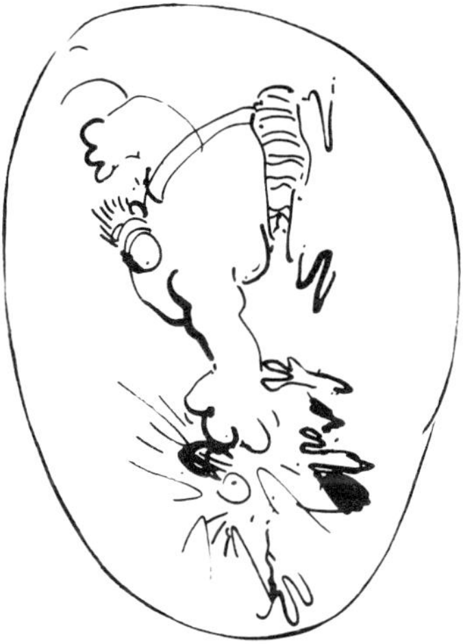

LA FAMILLE OBOULOT EN VACANCES
T ES BELLE TU SAIS...
HMMM... Y'AURAIT PAS LES GOSSES, TIENS
ARRÊTE, ILS PEUVENT NOUS VOIR
PENSE-TU, ILS PÊCHENT
NON
BON! MAINTENANT TU M'A DONNÉ DES IDÉES... ON RENTRE FAIRE LA SIESTE

LES ENFANTS... HOP ON RENTRE!
QUOI?
UNE HONTE!
NOUS FAIRE RENTRER À TROIS HEURES, EN VACANCES!
ET VOUS M'EN AVEZ FAIT RATER UN GRAND COMME ÇA!
JE REFUSE D'AVANCER!
SI TU CONTINUES, MAMAN AUSSI VA EN RATER UN GRAND COMME ÇA!
?
HI HI HI
N'EXAGÉRONS RIEN...
REISER

LA FAMILLE OBOULOT EN VACANCES
VOTRE REFTAURANT EST INFECT !
AH
C'EST VRAI
ET VE M'Y CONNAIS ! VE FUIS INFPECTEUR DU GUIDE MIFLIN !
AH
HI HI HI
F'EST DU FURVELÉ, FA !
HI HI HI
ET FA F'EST DE LA CONFERVE !
HI HI HI
FERVIR DES HARICOTS VERTS EN CONFERVE À FETTE FAIVON...
VOUS V'ÊTES UN EFCROC !

ET VE FUIS INFPECTEUR DU GUIDE MIFLIN!
JE T'EN PRIE...
Hi Hi Hi Hi HiHi
C'EST PAS DE SA FAUTE...
HiHi Hi Hi Hi
HOU HOU
AVOUE QU'IL N'A PAS DE CHANCE... GAULT ET MILLAU, IL POUVAIT LE DIRE...
KLEBER COLOMBES AUSSI
ET IL FAUT QU'IL SOIT INFPECTEUR CHEZ MIFLIN!...
REISER

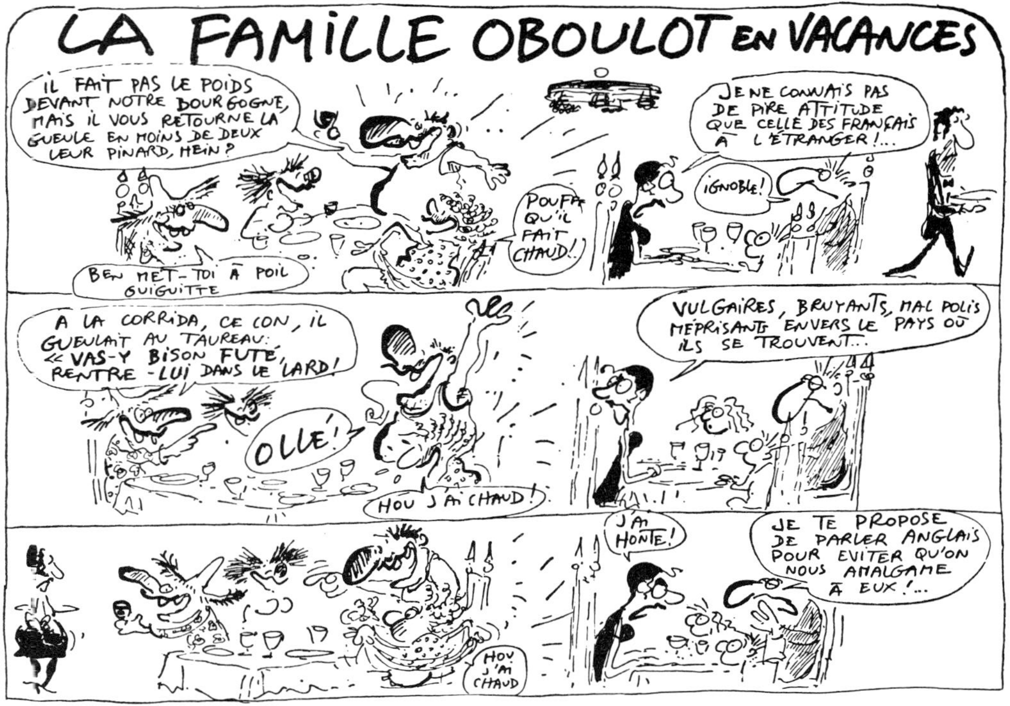
LA FAMILLE OBOULOT EN VACANCES
IL FAIT PAS LE POIDS DEVANT NOTRE BOURGOGNE, MAIS IL VOUS RETOURNE LA GUEULE EN MOINS DE DEUX LEUR PINARD, HEIN ?
BEN MET-TOI À POIL GUIGUITTE
POUFF QU'IL FAIT CHAUD !
JE NE CONNAIS PAS DE PIRE ATTITUDE QUE CELLE DES FRANÇAIS À L'ÉTRANGER !...
¡GNOBLE !
A LA CORRIDA, CE CON, IL GUEULAIT AU TAUREAU : « VAS-Y BISON FUTÉ, RENTRE-LUI DANS LE LARD !
OLLE !
HOU J'AI CHAUD !
VULGAIRES, BRUYANTS, MAL POLIS MÉPRISANTS ENVERS LE PAYS OÙ ILS SE TROUVENT...
J'AI HONTE !
HOU J'AI CHAUD
JE TE PROPOSE DE PARLER ANGLAIS POUR ÉVITER QU'ON NOUS AMALGAME À EUX !...

AH NON NON NON, ON N'EN VEUT PAS DE TON TRUC, ON CONNAIT !...
C'EST DÉGUEULASSE !
WE WILL HAVE A FLASK OF LOCAL RED WINE
YES, I AM VERY THIRSTY !
NOUS...
FRANÇAIS
FINES GUEULES
EH, MEC VA FILER ÇA AUX ANGLAIS, APRÈS LES SALOPERIES QU'ILS MANGENT CHEZ EUX, ÇA LES CHANGERA PAS BEAUCOUP !
PFFF PFFFF
HIHIHI
KISSSSSSS
HI HIHI
SEÑOR ET SEÑORITA
OUNA SPEZIALITÉ
GOOD FOR YOU
REISER

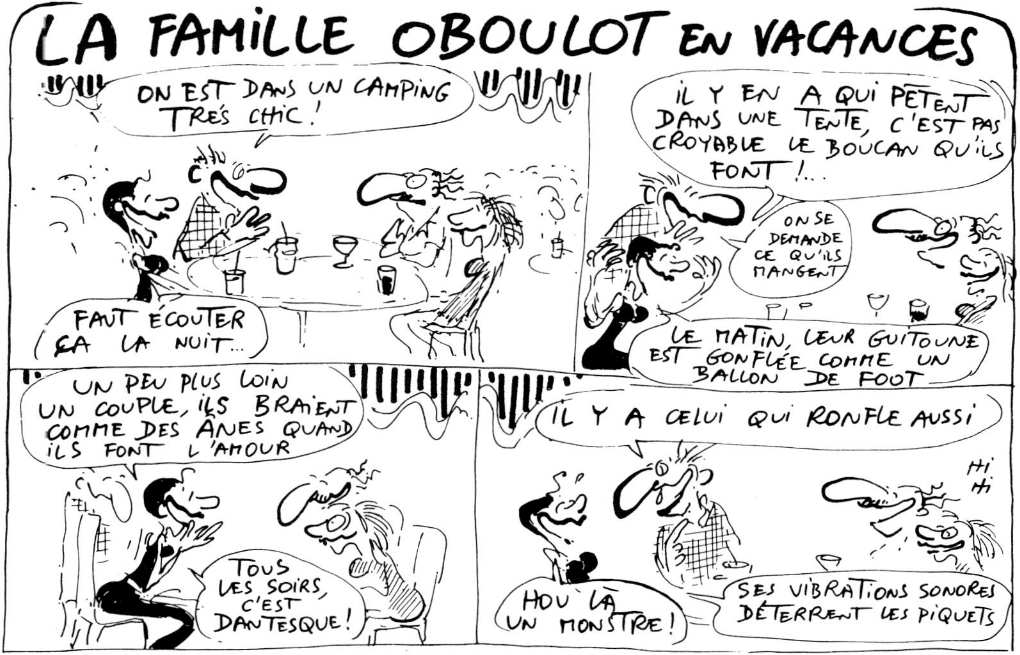
LA FAMILLE OBOULOT EN VACANCES
ON EST DANS UN CAMPING TRÈS CHIC !
FAUT ÉCOUTER ÇA LA NUIT...
IL Y EN A QUI PÈTENT DANS UNE TENTE, C'EST PAS CROYABLE LE BOUCAN QU'ILS FONT !...
ON SE DEMANDE CE QU'ILS MANGENT
LE MATIN, LEUR GUITOUNE EST GONFLÉE COMME UN BALLON DE FOOT
UN PEU PLUS LOIN UN COUPLE, ILS BRAIENT COMME DES ÂNES QUAND ILS FONT L'AMOUR
TOUS LES SOIRS, C'EST DANTESQUE !
IL Y A CELUI QUI RONFLE AUSSI
HI HI
HOU LÀ UN MONSTRE !
SES VIBRATIONS SONORES DÉTERRENT LES PIQUETS

EN SOMME, SI ON VIENT VOUS VOIR EN PLEINE NUIT, MÊME SANS LUMIÈRE ON NE PEUT PAS SE PERDRE...
EXACT
T'ARRIVES, TU TE DIRIGES VERS CELUI QUI RONFLE
TU TOURNES À GAUCHE, T'ARRIVE SUR CEUX QUI BAISENT... ET LÀ TU PRENDS À DROITE
HI HI
TU CONTINUE JUSQU'À CE QUE TU ENTENDES LES PÉTEURS...
HOU HOU
TU TOURNES ENCORE À GAUCHE ET C'EST L'ALLÉE EN FACE
HI HI HI
REISER

LA FAMILLE OBOULOT EN VACANCES
REGARDEZ LES GOSSES! UNE TROUPE DE MOINEAUX, C'EST UNE SOCIÉTÉ EN RÉDUCTION
L'AVENTURIER QUI PREND DES RISQUES
ET SE GAVE AVANT LES AUTRES
LE GROS BÊTA QUI SE FAIT VOLER
ET LE PETIT MALIN QUI SE DÉBROUILLE TOUJOURS
LE TIMIDE QUI REÇOIT PEU ET VIT DE PEU

LE BAGARREUR, L'OBSÉDÉ SEXUEL, TOUT Y EST !
EN REVANCHE, CHEZ EUX, PAS DE POLICE, PAS D'ARMÉE !
TCHIAF
OUI MAIS ILS ONT AUSSI DES POLLUEURS, ALORS, C'EST PAS MIEUX...
REISER

LA FAMILLE OBOULOT EN VACANCES
HEP MONSIEUR !
REGARDEZ CE QUE VOUS AVEZ FAIT DE MA PETITE FILLE !
EN LONGEANT LA PLAGE À TOUTE ALLURE AVEC VOTRE HORS BORD
MAIS... MAIS
UNE BELLE PETITE FILLE AUX YEUX BLEUS, VOILÀ CE QU'IL EN RESTE !
MON DIEU !...
BON, ON VA CHEZ LES FLICS, TERMINÉ POUR VOUS LE BRONZAGE !
MAIS HEU... HEU...
À MOINS QUE JE N'OBTIENNE SATISFACTION
TOUT... TOUT CE QUE VOUS VOUDREZ !...

EH BIEN...
?
VOUS NOUS LAISSEZ VOTRE ENGIN POUR NOUS BALADER CET APRÈS-MIDI.
EN VOITURE LES ENFANTS !
C'EST PAS UNE BONNE AFFAIRE, ÇA ? UNE APRÈS-MIDI DE HORS BORD POUR TROIS FRANCS DE MOU !
REISER

LA FAMILLE OBOULOT EN VACANCES
"B" ÇA C'EST UN BELGE
"L" C'EST UN LUXEMBOURGEOIS
"G.B" ÇA, C'EST UN ANGLAIS
DIS-DONC, T'AS RIEN DE PLUS DRÔLE À NOUS SERVIR ?
BEN QUOI... J'APPRENDS L'EUROPE
ÇA NE T'EMPÊCHE PAS D'ÊTRE SPIRITUEL, IMAGINATIF !
TU VEUX QUE JE TE MONTRE UN SERPENT MONÉTAIRE EUROPÉEN DE MANIÈRE DRÔLE ET PITTORESQUE, MOI ?

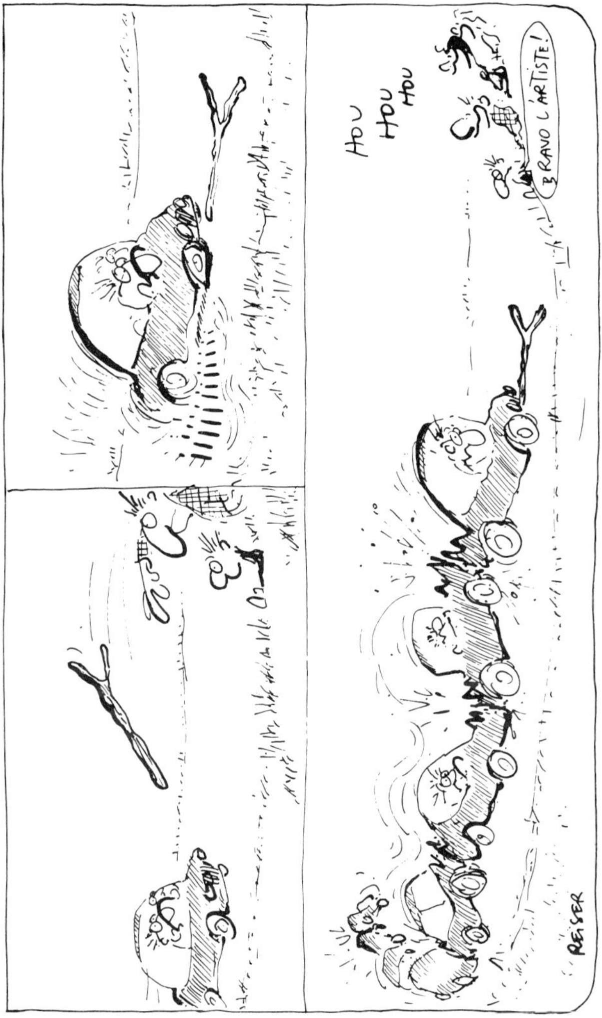
HOU HOU HOU
BRAVO L'ARTISTE!
REISER

LA FAMILLE OBOULOT EN VACANCES
INTERDIT DE SE BAIGNER ICI !
C'EST LE DÉVERSOIR DE L'ÉGOUT !
ET ALORS ?
SI ÇA NOUS PLAÎT DE NOUS TREMPER DANS LA MERDE DES AUTRES !

D'ABORD, C'EST LÀ QUE L'EAU EST LA PLUS CHAUDE
SORTEZ OU JE DRESSE CONTRAVENTION!
LE PREMIER TYPE QUE DOIVENT ARRÊTER LES GENDARMES DANS CETTE STATION, C'EST SON DÉPUTÉ MAIRE!
CET ÉTRON VIVANT QUI LAISSE UN ÉGOUT SE DÉVERSER SUR UNE PLAGE PUBLIQUE!
CETTE ORDURE DÉGOULINANTE DE BOUE!
CE CRIMINEL QUI FAIT DE L'ARGENT AVEC LES STAPHYLOCOQUES DORÉS!
IL A RAISON!
PARFAITEMENT!
INSULTER UN DÉPUTÉ, FAIRE CASSER LA GUEULE À UN GENDARME, ET EN PRIME, PROVOQUER UNE ACTION ÉCOLOGIQUE ÇA VAUT LE COUP DE RISQUER UNE HÉPATITE...
REISER

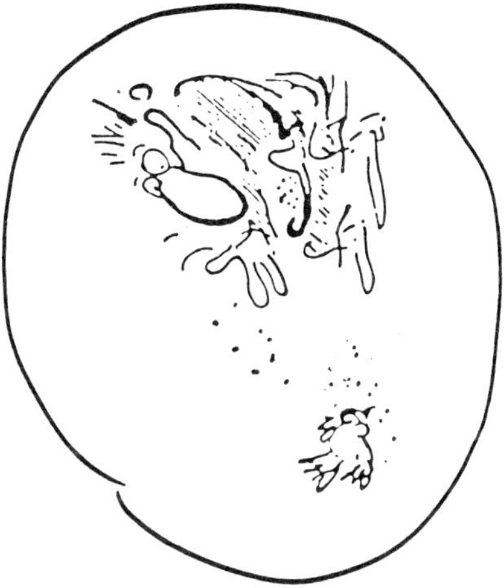

LA FAMILLE OBOULOT EN VACANCES
CAVE DEGUSTATION
JE CROIS QU'ON A FAIT UNE AFFAIRE...
12 BOUTEILLES
APRÈS DEUX ANS DE CAVE, TU GOÛTERAS LA MERVEILLE...
MAIS ILS SONT BOURRÉS ?...
COMPLETEMENT
DITES... VOUS VOUS SENTEZ EN ETAT DE CONDUIRE ?
HEIN ?
QUOI ?

INSOLENTS AVEC ÇA !
ALORS, LES ALCOOTESTS, ON BOUDE ?
J'AI LA JOUE TOUTE ROSE, APRÈS LA GIFLE !
MOI AUSSI
QUAND ON SE PREND POUR UN ALCOOTEST, FAUT PAS S'ÉTONNER DE CHANGER DE COULEUR !
HI HI HI
REISER

LA FAMILLE OBOULOT EN VACANCES
OH PAPA, UN FAISAN !
IL N'EST PAS FAROUCHE
COÔÔ
EVIDEMMENT, C'EST UN FAISAN D'ÉLEVAGE
PSCHÎÎÎÎ SAUVE-TOI, LES CHASSEURS VONT TE TUER !
IL NE COMPREND PAS IL ARRIVE DE TCHECOSLOVAQUIE
ON VIENT DE LE LÂCHER POUR LA PROCHAINE OUVERTURE
VA-T-EN IDIOT, LES HOMMES SONT MECHANTS
C'EST PAS AVEC NOS TÊTES QU'IL FAUT LUI FAIRE PEUR
COÔÔ

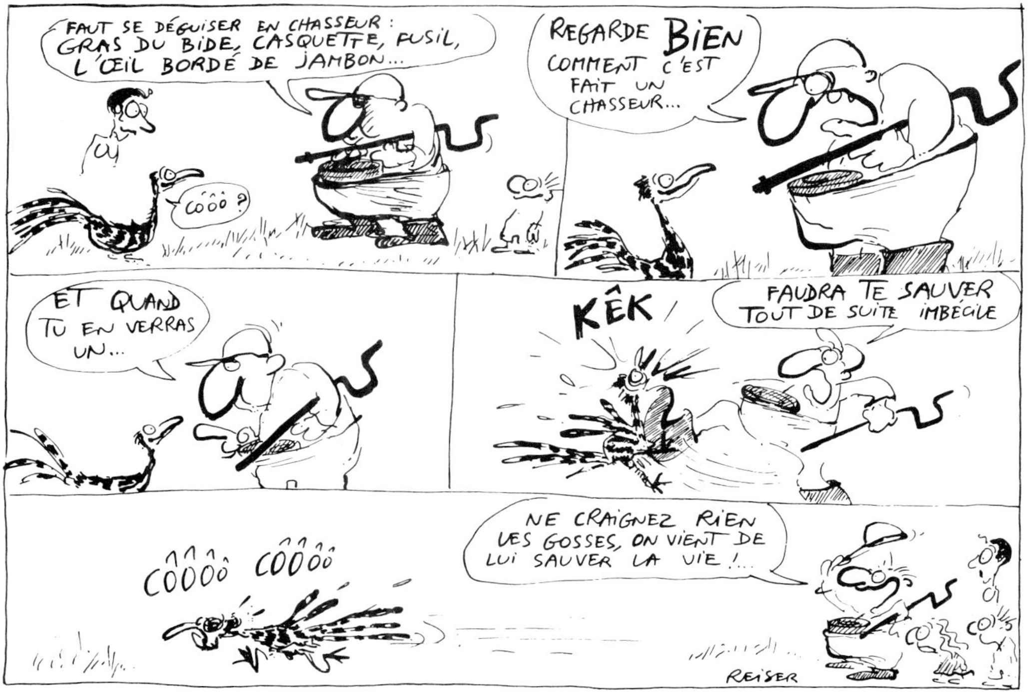

FAUT SE DÉGUISER EN CHASSEUR : GRAS DU BIDE, CASQUETTE, FUSIL, L'ŒIL BORDÉ DE JAMBON...
COÔÔ ?
REGARDE BIEN COMMENT C'EST FAIT UN CHASSEUR...
ET QUAND TU EN VERRAS UN...
KÊK
FAUDRA TE SAUVER TOUT DE SUITE IMBÉCILE
CÔÔÔÔ CÔÔÔÔ
NE CRAIGNEZ RIEN LES GOSSES, ON VIENT DE LUI SAUVER LA VIE !...
REISER

LA FAMILLE OBOULOT EN VACANCES
AH DIS DONC, ELLES NE SONT PAS GIRONDES LES GAMINES PAR ICI !...
HOU HOU HOU
DES VRAIS BOUDINS !
VISE LA PETITE GROSSE, LÀ AU TROISIÈME RANG...

ET LES VÔTRES, VOUS CROYEZ QU'ILS SONT BEAUX LES VÔTRES?
LES NÔTRES, ONT LE MERITE...
...D'ÊTRE DES PRODUITS HONNÊTES, NATURELS!...
PAR OPPOSITION AUX VÔTRES, QUI SONT DES PRODUITS DE SUPER-MARCHÉS!
LES NÔTRES, ON N'A PAS BESOIN DE LES ENVELOPPER D'EMBALLAGES CRIARDS, BLEUS, ROUGES, JAUNES...
ET D'UNE MUSIQUE D'AMBIANCE POUR LES RENDRE PRÉSENTABLES!
REISER

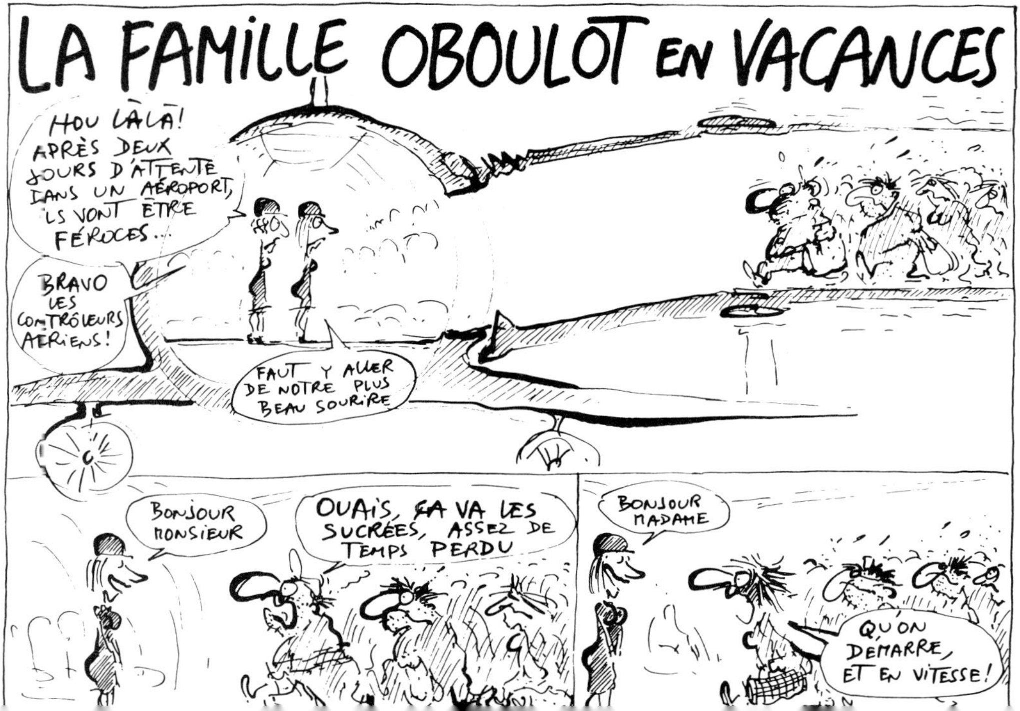
LA FAMILLE OBOULOT EN VACANCES
HOU LÀLÀ! APRÈS DEUX JOURS D'ATTENTE DANS UN AÉROPORT, ILS VONT ÊTRE FÉROCES...
BRAVO LES CONTRÔLEURS AÉRIENS!
FAUT Y ALLER DE NOTRE PLUS BEAU SOURIRE
BONJOUR MONSIEUR
OUAIS, ÇA VA LES SUCRÉES, ASSEZ DE TEMPS PERDU
BONJOUR MADAME
QU'ON DÉMARRE, ET EN VITESSE!

BIENVENUE À BORD
ASSEZ DE SIMAGREES, CARESSE DE CHIEN, ÇA DONNE DES PUCES!
OUF, LA FIN
AVANCE, TOI!
DEVINEZ COMBIEN J'AI PRIS DE PAIRES DE BAFFES EN 48 HEURES ?...
HEU...
DITES UN CHIFFRE POUR VOIR
HEIN ?
NAVRÉE, TROP TÔT POUR FAIRE LES COMPTES, IL EST PRÉVU DEUX HEURES D'ATTENTE DANS L'AVION
C'EST PAS VRAI ?...
REISER

LA FAMILLE OBOULOT EN VACANCES
TOUT LE MONDE EST ÉQUIPÉ?
ALORS, EN AVANT!
GUIDES DE HAUTE MONTAGNE
L'AUTRE JOUR, J'EN AI VU QUI SE BALADAIENT SUR LE GLACIER EN ESPADRILLES!
JE NE TE MENS PAS... EN ESPADRILLES!
C'EST PAS CROYABLE...

ET NOUS, ON RISQUE NOTRE PEAU POUR ALLER RECHERCHER CES ASSASSINS!
C'EST PAS AUTRE CHOSE QUE DES ASSASSINS!
EN ESPADRILLES SUR LE GLACIER
HÊK? QUE... QU'EST-CE QUE...
HÊK
GLPPP...
UNE UNE...
UNE ESPADRILLE!
BANDE D'ASSASSINS! VOUS NE SAVEZ PAS QUE VOUS RISQUEZ LA VIE D'UN GUIDE EN VOUS PROMENANT EN ESPADRILLES SUR LE GLACIER?
HOUK
HIK
REISER

LA FAMILLE OBOULOT EN VACANCES
FINALEMENT, C'EST IDIOT LES VACANCES
QUAND IL FAIT CHAUD, ON CRÈVE, ON RESPIRE DE LA POUSSIÈRE, ON ATTRAPE DES COUPS DE SOLEIL
QUAND IL PLEUT, ON A LA BOUE, L'ENNUI...
TOUT EST PLUS CHER, ON SE FAIT VOLER PARTOUT
ON NE VOIT QUE DES PAYSAGES SACCAGÉS... DONT ON EST RESPONSABLE D'AILLEURS
CAMPING
MAIS QU'EST-CE QU'ON FOUT LÀ ?
BEN ON POURRAIT RENTRER...

J'AI HONTE, MOI, J'AI HONTE D'AVOIR FAIT MILLE KILOMÈTRES POUR MENER CETTE EXISTENCE !
LES VACANCES C'EST BON POUR CEUX QUI ONT UNE EXISTENCE MÉDIOCRE
L'IMPORTANT C'EST DE SE FAIRE UNE VIE HEUREUSE TOUTE L'ANNÉE
IMAGINE LE TABLEAU QUAND QUATRE MILLIARDS D'ÊTRES HUMAINS PRENDRONT DES VACANCES SUR CETTE PLANÈTE...
OH LÀ LÀ...
LES VACANCES, LE TOURISME, C'EST FOUTU POUR L'AVENIR
AUTANT S'Y PRÉPARER TOUT DE SUITE...
COMME DISAIT PASCAL : « TOUT LE MALHEUR DES HOMMES VIENT D'UNE CHOSE, QUI EST DE NE SAVOIR PAS DEMEURER EN REPOS DANS UNE CHAMBRE »...
REISER

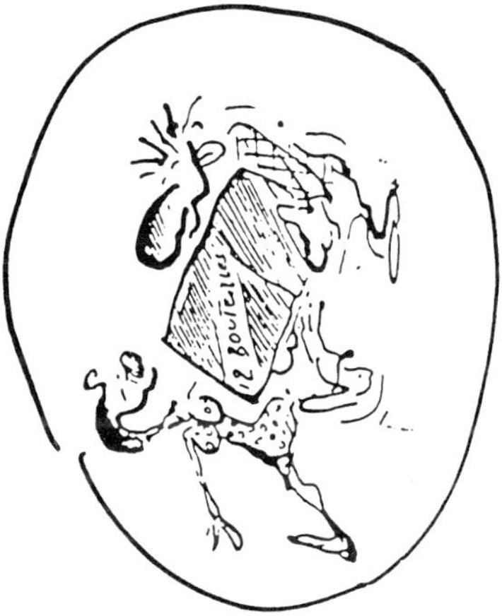
12 Bouteilles

VACANCES COSMIQUES
REISER
TROIS JOURS QU'ON EST DANS CE BOURBIER EN ATTENDANT LA DÉPANNEUSE
SANS POUVOIR SORTIR
ET QU'ON MANGE DES CONSERVES...
...AVEC DES BISCOTTES
EN JOUANT AU SCRABBLE
DANS 2m50 SUR 2m50
EN ÉCOUTANT LA RADIO
EN SE LAVANT AU MINIMUM
ET EN RÉCUPÉRANT L'EAU

J'AI ENVIE DE FAIRE CACA!
ENCORE!
LES WC CHIMIQUES SONT ENGORGÉS
BON, TU VAS FAIRE DANS UNE BOITE DE PLASTIQUE QU'ON JETTERA PAR LA FENÊTRE
ÇA SENT PAS BON
AH BEN, HÉ C'EST LA NATURE
VISE BIEN N'EN METS PAS PARTOUT
PAS DE DISPUTE, IL FAUT APPRENDRE À VIVRE ENSEMBLE
VIVEMENT QU'ON RESPIRE L'ODEUR DES FLEURS, DE L'HERBE ET DE L'OCÉAN
MINE DE RIEN, ON SUBIT UN VACHE D'ENTRAÎNEMENT DE COSMONAUTES...

LA FAMILLE OBOULOT EN VACANCES
REISER
RESTEZ DEVANT LE CRS!
JE NE VEUX PAS QUE VOUS ALLIEZ VOUS BAIGNER LOIN!
CRS

CRS
LÀ
AH DIS DONC! C'EST PAS L'AVENTURE SUR CETTE PLAGE!...
SI ON FAIT SEULEMENT DIX MÈTRES AU LARGE, IL NOUS ENGUEULE!
EH BIEN, IL A RAISON!
"RESTEZ PRÈS DU CRS"
"NE VOUS ÉLOIGNEZ PAS DU CRS"
"LE CRS EST UTILE"
ET EN PLUS "LE CRS A RAISON"
EN MAI 68, ÇA DÉFILAIT BOULEVARD ST MICHEL EN BEUGLANT CRS SS! CRS SS!

LA FAMILLE OBOULOT EN VACANCES
REISER
D'APRÈS TOI, CE SONT DES MONTAGNES JEUNES OU DES MONTAGNES VIEILLES ?
C'EST DES MONTAGNES VIEILLES !
AH BRAVO ! ET POURQUOI ?

PARCEQUE C'EST PLEIN DE VIEUX CONS EN PATAUGAS ET SACS À DOS QUI MANGENT DES ŒUFS DURS SOUS LES SAPINS !
AH BON... ET UNE MONTAGNE JEUNE C'EST QUOI ?
UNE MONTAGNE JEUNE C'EST UNE MONTAGNE PLEINE DE SKIEURS, DE REMONTÉES MÉCANIQUES, D'ALPINISTES JAPONAIS, DE BOÎTES DE NUIT ET DE PIZZERIAS !
LE RAISONNEMENT EST FANTAISISTE, MAIS GÉOLOGIQUEMENT, C'EST EXACT !

CRS

LA FAMILLE OBOULOT EN VACANCES
REISER
FORMIDABLE! LA CIVILISATION MÉCANIQUE DANS L'AGRICULTURE : UNE MOISSONNEUSE BATTEUSE FAIT LE TRAVAIL DE 200 MOISSONNEURS!
AVEC DES ENGINS MODERNES, UN COUPLE PEUT NOURRIR 1000 PERSONNES!

ET ENCORE PLUS FORMIDABLE! AVEC QUINZE TRACTEURS, UNE POIGNÉE DE PAYSANS EMPOISONNENT 30.000 TOURISTES!
NON À BRUXELLES
L'EUROPE VERTE N'EST PAS MÛRE

LA FAMILLE OBOULOT EN VACANCES
REISER
C'EST PAS LA GROTTE DES FÉES QU'ON DEVRAIT L'APPELER, C'EST LA GROTTE DES RHUMES!
JAMAIS EU SI FROID DE MA VIE!
JE VOIS LA SORTIE!

GROTTE DES FÉES
BILLETS
ENFIN! LES ENFANTS AURONT APPRIS DES CHOSES!
JE CONFONDS TOUJOURS STALACTITE ET STALAGMITE
LE SOLEIL!
C'EST SIMPLE, POURTANT
STALACTITE C'EST CE QUI PEND AU BOUT DU NEZ
STALAGMITE, C'EST LE THERMOMÈTRE POUR TOUT LE MONDE!

LA FAMILLE OBOULOT EN VACANCES
REISER
LAMENTABLE L'ARCHITECTURE DE CE PAYS !...
T'AS RAISON
C'EST TARTE !
C'EST MINABLE, SEC MESQUIN, SANS FORCE, SANS NOBLESSE, SANS AUDACE !
RIEN, NUL !
ET ÇA SE DÉGRADE VITE !

C'EST TRISTE À DIRE... POUR NOTRE PAYS, POUR NOUS...
... POUR NOTRE CIVILISATION, MAIS...
... LE SEUL ÉLÉMENT ARCHITECTURAL VALABLE DE CETTE PLAGE...
FRITES
... C'EST LE BLOCKHAUS !

LA FAMILLE OBOULOT EN VACANCES
REISER
AH NON!
NON!
NON!
ICI
VOUS N'ÊTES PAS SUR UNE PLAGE NATURISTE!
LA PLAGE DES TOUS NUS C'EST DE L'AUTRE CÔTÉ!
RESPECTEZ AU MOINS LES ENFANTS!
LA PLAGE EST À TOUT LE MONDE!

FRANCHEMENT ! C'EST UN SPECTACLE POUR LES ENFANTS, ÇA ?
MAIS MAIS...
DE "MAIS" ALLEZ JOUER AUX SAUVAGES AILLEURS !
TIRONS-NOUS ON VA AVOIR DES HISTOIRES
NOS COPAINS DU VILLAGE QUI VIENDRONT AVEC DES ORTIES ET DES BÂTONS !
UN PEU DE DIGNITÉ !
PAS POSSIBLE DE VOIR DES RÉACS PAREILS !
FORMIDABLE !... UNE CRIQUE POUR NOUS TOUS SEULS !...
OÙ ON VA POUVOIR SE BAIGNER ET BRONZER À POIL !
JE LES TROUVE UN PEU IGNOBLES
T'AS RAISON

LA FAMILLE OBOULOT EN VACANCES
REISER
PARC NATUREL REGIONAL
RESPECTEZ LA NATURE!
DEFENSE DE RAMASSER DES MINERAUX
DE CUEILLIR DES PLANTES
DE CHASSER, DE PÊCHER
INTERDIT DE FAIRE DU FEU!
BON!
N'OUBLIEZ PAS DE RAMASSER UN BEAU CRISTAL POUR PÉPÉ UN BEAU BOUQUET DE FLEURS POUR MÉMÉ...
...ET SI ON ARRIVE À PÊCHER UN POISSON, JE VOUS LE FAIS CUIRE SUR UN FEU DE BOIS

HÉ FAITES GAFFE, DERRIÈRE NOUS, IL Y A UN GARDE QUI A DÛ ENTENDRE
J'ESPÈRE BIEN HÉ BANANE!
AH LES BANDITS!
INTERDIT
COMME ÇA IL NOUS SUIVRA PAS À PAS, SI ON SE PERD, IL SAURA NOUS RAMENER...
ET SI VOUS ÊTES FATIGUÉS, IL VOUS PORTERA!...
AH D'ACCORD...
JE NE LES QUITTE PAS D'UNE SEMELLE

LES SOMMETS DE LA FRITE
LES CIMES
Menu
BON! L'ALTITUDE NOUS A DONNÉ UNE PETITE FAIM
ÇA DOIT ÊTRE CHER!

UN STEACK DUR COMME UNE SEMELLE !
LES FRITES SONT TRÈS MOLLES PAR CONTRE
ON PEUT EN TIRER UN THÉORÈME DE MATHÉMATIQUES VRAIMENT MODERNES
TOUTE FRITE, PLONGÉE DANS UNE AMBIANCE TOURISTIQUE SUBIT DE BAS EN HAUT...
UNE AUGMENTATION DE PRIX ÉGALE À L'ALTITUDE ET À LA RENOMMÉE TOURISTIQUE DU LIEU OÙ ELLE SE TROUVE
SI ON EMMÈNE DES ENFANTS EN VACANCES POUR LES EMBÊTER AVEC DES PROBLÈMES DE CALCUL...
AUTANT LES LAISSER À LA MAISON

LA FAMILLE OBOULOT EN VACANCES
(DERNIER PORTRAIT SOUVENIR)
REISER
POUVONS-NOUS VOUS CONFIER NOS AFFAIRES PENDANT QUE NOUS ALLONS NAGER ?
MAIS BIEN SÛR !
DIS-DONC, ILS NAGENT LOIN LES PÉPÉS...
OUAIS, ÇA NOUS DONNE LE TEMPS DE JOUER AVEC LEUR APPAREIL

IL LEUR RESTE QUINZE PHOTOS...
CLIC CLIC CLIC CLIC
EN GROS PLAN!
J'EN CONNAIS QUI VONT ÊTRE ÉTONNÉS DE TROUVER TES FESSES AU MILIEU DES PHOTOS DE CLOÎTRES ROMANS
C'EST GENTIL DE VOTRE PART!..
AVEC TOUS CES VOYOUS QUI TRAÎNENT SUR LES PLAGES...
ENTRE HONNÊTES GENS FAUT SE RENDRE SERVICE
UNE CHARMANTE FAMILLE, ÇA DEVIENT RARE... J'AI FAILLI LA PRENDRE EN PHOTO POUR GARDER UN SOUVENIR...
T'AURAIS DÛ...

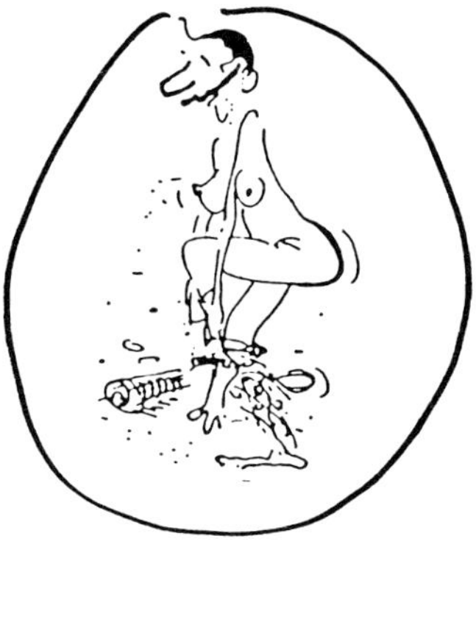

Un court été

En 1978, le journal Le Monde *demanda à Reiser de lui dessiner un «feuilleton pour l'été». C'est ainsi que Reiser eut l'idée de* La famille Oboulot en vacances.

Le titre le ravissait. Pour moi, je ne m'en lasse pas.

La famille Oboulot en vacances *démarra le 11 juillet. Au début, tout se passa bien. Du côté du* Monde, *pas de problèmes. Du côté de Reiser, un regret : ne pas disposer d'une place plus grande. Les histoires, comme elles lui venaient, il lui aurait fallu beaucoup de dessins par planche. Tous ces dessins, une fois réduits pour l'impression, on n'aurait plus rien vu. Il devait resserrer. Ça le gênait. Ça le gênait tellement qu'il en parlait et il n'était pas le genre d'homme qui embête les autres avec ses petits ennuis.*

Il n'était pas non plus le genre d'homme à se conduire grossièrement chez des gens qui l'invitaient. Persuadé que le moyen de plaire aux lecteurs du Monde *était de rester fidèle à ce qu'il était, il ne changea rien à sa manière. Certains auraient pu en remettre, faire de la provocation. D'autres, au contraire, se seraient censurés eux-mêmes. Je ne sais pas si Reiser s'est censuré. J'imagine qu'il évita de*

LA FAMILLE OBOULOT EN VACANCES
PROPYLÈNE
S'IL VOUS PLAÎT... LE CAMPING DES MIMOSAS ?
QUOI ?
AMENE TA FRAISE, ROUTIER SYMPA !...
HÉ
AU SECOURS LES CAMPEURS !
AH ON VIENT JOUER AU CYNIQUE ?

ARRÊTEZ!
YLÈN
C'EST DU CINÉMA!
CE CAMION EST LE DÉCOR PRINCIPAL DU FILM CATASTROPHE À PETIT BUDGET QU'ON VA TOURNER ICI!...
AH C'EST DU CINÉMA...
ET QUI VA DEVENIR UN DE CES SUCCÈS!...
ON CHERCHE DES FIGURANTS, DE PRÉFÉRENCE, CAMPEURS 100 FRANCS LA JOURNÉE
MOI
MOI
MOI
MOI
OUAH!
ON VA FAIRE DU CINEMA!
PROPYLENE
CAMPING MIMOSAS
REISER

s'attarder sur des situations et des idées dont la publication aurait embarrassé un journal qui ne demandait qu'à lui faire plaisir. Sans doute le fit-il, avec sa politesse naturelle, à peine en y pensant. C'était déjà assez difficile que de se présenter devant des lecteurs dont la plupart ne le connaissaient pas, qui le jugeraient sans références à tout ce qu'il avait publié. A chaque planche, c'était l'examen.

Si je vous disais que Le Monde *reçut tout de suite des lettres, une poignée mais toutes des lettres de protestation. Si je vous disais qu'outre ces lettres, quelques très anciens lecteurs, des gens de poids, de responsabilités, des vieux cons, quoi, faisaient savoir qu'ils ne comprenaient pas pourquoi* Le Monde *publiait pareilles sottises. Si je vous disais qu'à la fin du mois de juillet, les plus jeunes responsables du journal prirent leurs vacances et partirent au bord de la mer. Reiser ne remettait plus ses dessins aux mêmes personnes qu'au début. Elles les regardaient sans rire.*

Là-dessus, Reiser arriva avec une planche qui faisait allusion à un camion, sur une route d'Espagne, quelques jours plus tôt, qui avait perdu une remorque-citerne remplie de dix-sept mille litres de propylène. La citerne était allée exploser au beau milieu d'un camping, élevant la température en quelques secondes à plus de deux mille degrés. Deux cent dix personnes avaient péri, dont un grand nombre de Français. On ne plaisante pas, monsieur, avec ces choses-là. Reiser, dans ces conditions, proposa d'arrêter. Proposition immédiatement acceptée. Il donna une planche qu'il avait en tête, prévue pour le dernier épisode («Finalement, c'est idiot, les vacances») et le journal y ajouta le mot fin. Le «feuilleton de l'été» s'arrêtait le 5 août.

J'en veux au type du Monde *qui a fait ça parce qu'il a arrêté Reiser en plein élan. La famille Oboulot il l'aimait bien et c'était la première fois qu'il travaillait pour un quotidien. Il n'en eut plus l'occasion.*

Vingt-cinq planches pour Le Monde. *L'album en contient dix de plus. Reiser travaillait toujours à mesure, il n'avait pratiquement jamais de réserves, alors d'où viennent-elles ?*

Elles viennent du Nouvel Observateur, *hebdomadaire où il décida de reprendre ses personnages dans les numéros du 3 juillet au 4 septembre 1982. Il ne revenait pas sur les choses passées, sauf, rarement, pour améliorer un détail en vue d'une publication en album. Qu'il soit revenu sur la famille Oboulot, quatre ans après l'interruption, montre à quel point il y restait attaché. J'imagine qu'il pensait la reprendre de nouveau l'été suivant. L'été suivant, il ne la reprit pas et il mourut en novembre.*

La famille Oboulot en vacances *est donc un livre incomplet. C'est un livre en noir et blanc. Reiser avait l'intention de le mettre en couleurs. Merci au*

Monde, *malgré le gâchis. Sans lui, il n'y aurait peut-être rien eu. Merci au* Nouvel Observateur. *Merci à monsieur Albin Michel. Hourrah pour Reiser.*

Delfeil de Ton

Post-scriptum à l'usage des chercheurs et des curieux.- La planche «Les sommets de la frite» est inédite. L'original est en couleurs. Rien ne permet de la dater avec précision mais elle est indubitablement de 1982 ou 1983. Nous l'avons placée avec les planches de la même époque et nous l'avons publiée en noir et blanc pour ne pas rompre l'harmonie de l'ensemble.

La planche «On est dans un camping très chic» porte de la main de Reiser le numéro 14 de la série des planches pour Le Monde *mais elle n'a pas paru dans* Le Monde. *Une version modifiée, plus longue, a paru dans* Charlie-Hebdo *du 3 août 1978, puis dans l'album* Vive les vacances, *sous le titre «Campeurs péteurs». Cette planche fut-elle la première à être refusée par* Le Monde*? Reiser, de lui-même, renonça-t-il à la proposer? La publication de la variante dans* Vive les vacances *indique en tout cas qu'il estima finalement que cette planche n'avait pas tout à fait sa place dans la famille Oboulot. On l'y a mise quand même parce qu'on est la postérité.*

En couverture de l'album : le projet en couleurs laissé par Reiser.

DU MÊME AUTEUR

Aux Éditions Albin Michel

ILS SONT MOCHES

MON PAPA

LA VIE AU GRAND AIR

LA VIE DES BÊTES

ON VIT UNE ÉPOQUE FORMIDABLE

VIVE LES FEMMES

VIVE LES VACANCES

PHANTASMES

LES COPINES

GROS DÉGUEULASSE

FOUS D'AMOUR

SAISON DES AMOURS

JEANINE

Avec Coluche : Y'EN AURA POUR TOUT LE MONDE

LA FAMILLE OBOULOT EN VACANCES

Achevé d'imprimer par Aubin Imprimeur
à Ligugé le 22 janvier 1993
Dépôt légal, janvier 1993
Numéro d'imprimeur : L 42142
ISBN 2-07-038591-4 / Imprimé en France.

58309